歌集

鳥瞰ノート

山口青

Yamaguchi Ao

短歌研究社

鳥瞰ノート＊目次

Ⅰ　二〇一二—二〇一八

装幀　花山周子

鳥瞰ノート

I

二〇一一—二〇一八

麦をください

いってきますと二回言われて気になって気をつけてねともう一度言う

冬の日に求めた壺はからになる代わりに詰める麦をください

きじ猫に見上げられたがわれの持つ思いはあまり熱くはないよ

子供好きのいいやつだった　たっぷりと白い巻き尾の隣りのチョビは

浮き雲はきみの丸めた背にみえて夕べの電話長きをおもう

「お湯はりをします」と張りのある声で機械に言われ恐れ入る夕

ハンドクリームむにむにと手に伸ばしゆき明日はかならず窓拭きをせむ

スマートフォンにＬＩＮＥぽぽんと届いたり枇杷はたっぷり咲き満ちていて

どの虫ぞ

牧水の歌碑の建ちいる粉河寺よく効きそうなしょうが湯を買う

軋みつつ石段上る膝たちを待つ本堂は夕焼けており

不動堂残りたる気配を拝みたし八大童子留守と聞けども

一心に経を唱えるひとのいてわれはなかなかわれを忘れぬ

菩提樹の枯れ葉がさりと落ちてきてわたしはわたしの顔に戻りぬ

枇杷の葉の硬きを喰いしはどの虫ぞこの虫ぞとて会いたくはなし

葉脈を残せるばかりわくら葉の空恐ろしき末期なるかな

図書館

書庫からの階段軽く下りてきてひとの匂いは本を凌駕す

人の来ぬ書架の狭間にそっと立ち短く息を吐いてしまいぬ

書架の間に光ゆるゆる春は来て退職の日の床の明るさ

ぎっしりと閲覧室に座るひとの頭のなかは覗かぬように

鳥瞰的古地図に今をかさねれば町は海辺を覆いかくせり

書庫の持つひとかたならぬ静けさに希望の助動詞浮かばずにいる

箱に詰め行く先さがす全集の昭和の重さ書架最下段

とりあえずビールのようなとりあえず　村上春樹の新刊はあり
ここに持つ不安というを取り出してきれいに並べ今日は眠らん

かやねずみ

偶数日錠剤ひとつのむ朝の水とビタミンBを並べる

口覆う白き仮面のマスクつけ風と人から少しはなれる

踏み出すと空気の近寄りくるような夏の囃子のこんこんちきちん

私の勇気といえばちっぽけな肉ふるわせるこのかやねずみ

石仏のキリクの溝に丸くなる蛙小さく青深々し

むっちりと日光菩薩の背は厚くわが脈拍のしだいに速し

駅に着けば東にぽかんと月うかび肩のバッグを揺すりあげたり

駆けあがるA３出口の向こうには欅並木のゆれてきみ待つ

遊蝶花　鉢にみっしり咲きおれば全員こちらを向いております

絹混じるブラウスにぬるきアイロンをかけて寂しも明日のことは

さてもさてもひと日終わりて携帯する電話をベッドに放り投げたり

ただ立っている

スイッチバックしながら秋は進み行き「今朝冬になった」鴨の言うには

降りたバスを何とはなしに見送りてただ立っているこんな充実

一葉ずつ光に塗られて大いちょう行々林《おどろばやし》に散りつくしけり

手のひらに納まるほどの天下かな土栗ほわりと胞子とばしぬ

後ろ足片方白いきじ猫の縄張りにわが住む家のあり

奥沢の土塁に囲まれ九体の阿弥陀とまじめな冬をむかえん

茶畑の見はるかす丸き刈込みはわれにまぶしき正しさならむ

柊のまつぶの花の白き香に一瞬忘れまたささくれる

仔うさぎの耳

居心地を試してみたき屋根の奥　雀の巣あり温かそうに

オノマトペ辞典に所蔵印を押すゆたけき時の満つる日ありぬ

白栴《しろだも》のしだるる若葉に触れしめよわたしはほしい仔うさぎの耳

春楡のはやしを抜けてきた風に去年のわれから濯がれてゆく

ゆれながら咲き満ちており白雲木ひとり笑うてほろほろ散りぬ

みちのくより出で来しほとけに囲まれてすみませんすみませんとつぶやく

ふふふふふ息が突然漏れだして扨て止まらない十番ホーム

恥ずかしながら

裏庭のアマリリス雨にうなだれてきょうは鴉も大工もおらず

病床を訪ねし地図は消せぬままスマートフォンにぽっと浮かびぬ

かやの実のあおあおと数多ころがりてわたしの言葉はどうにも足りぬ

百歳をこえしと聞いて師に会えばただ顔を見て笑みて帰り来

夏草の伸びたるなかを帰る道うかれるはわれひとりなるらし

黒猫の道の真中にとどまりて光と影のさかいとなりぬ

にゃにゃにゃにゃにゃにゃにゃ仔猫がしっぽをあげて行く　恥ずかしながらスキップをした

ひとの眼をときに見るべしほつほつと枇杷の小さき花咲き始めむ

ひと仕事終えたるような顔をして校舎は白き明かりを灯す

薄闇に瞳孔広げ見えてくるキャスター付きの椅子の本性

金属めいた音

誰ぞ蛇《じゃ》になりたる面か玻璃のうちカラリカラリと笑ろうておりぬ

「百鬼夜行はいまにもくるよ」暗やみの物干しざおにシャツはゆれたり

飼い犬に知らずに甘えているきみの軽くて大きい洋書が好きだ

封筒を急いて開けたり封筒にありしやさしさ突として消ゆ

立ちし時かちりと床に転がった金属めいた音　柿の種

吉野町に来て山をみて山をみて前登志夫のうたの樹々芽ぶきおり

階段の木の感触が手にあたる摑もうとした影すりぬけて

青猫の眼の青　硝子の向こう側ほそき視線を逸らさずにおり

できるなら柔らできれいな色がいい顔をうずめるタオルを持って

窓開けし音に飛び立つひよどりよ　きみには話しておくことがある

都合のよき夢

高知よりひかり纏いて小夏たちころがりころがりやってきた夏

旅もして幸せなりきと母のいうわれに都合のよき夢をみぬ

仰向いてぬるき目薬たらすときパタヤビーチの夕日にじめり

アイロンと永井陽子の全歌集一緒にぐるぐる巻かれて届く

湯冷ましはつくづく無味であったから YouTube 消して外出しよう

囲われたる干潟の鳥よ　夏になれば海のものではない気配する

かたちなき人を待つなり盂蘭盆会花や供物にぬかりはないか

四十雀小針を散らすように鳴きひと息に家へ帰りたくなる

行きし方選べぬままに鳩森八幡前の五叉路に立てり

水槽

じんべえざめ対角に二頭泳ぎおりずっと右回り四角い顔で

まぐろまぐろ時計回りにめぐる果て海にもあらず湖にもあらず

水槽の厚きパネルに照らされてナンヨウマンタの声聞きがたし

やあ納曽利呼びかけてみる玻璃のなかきみに似ているひとを知っている

窓に映る電灯の白平らかに海月の如く吾をみつめいる

水槽にひかりているも皿の上に焦げたるも鰺は紡錘形なり

ふふっと軽い

音たてて低き空ゆく飛行機の腹よりぽぽぽと落下傘降る

駐屯地歩哨の首の太さかな時雨るる冬の街道の朝

きりぎりすは演習場の奥にいる子どもは何でも知っているんだ

見る度に部屋はだんだん広くなりキャラメルひとつがこんなに甘い

真間川に消えゆくみぞれこの冬の最後の雪になりますように

ＩＣタグ貼られたる絵本借りてきてＩＣゲートにぶつからんとす

庭に来るめじろくらいの存在で充分なんだこの手のひらには

公園の楠の木洩れ日受けながらクッキーの袋ふふっと軽い

解かれたる絵巻のなかの道に立つ鬼たちの顔に見覚えのあり

ひとに告げたき

新しい柔軟剤を使ったねきみのシャツから香る木蓮

ふっくらと育つ不安のしぼむころ木香薔薇はたまご色なり

新発売のアイスクリームを買いに行く千のみどりの芽吹く公園

すれ違う会話はすこし長くなり設定温度を二℃下げる

銀竜草朽ち木の陰に透いてみえ口のかたちがぽかりと丸い

瑠璃を見せからすあげはの飛びゆくとひとに告げたき午後になりたり

鵯の鳴かぬ朝あり電線で別人のような貌つきをして

旗本の墓の説明聞くうちに足元の蛙連れ帰ろうか

鶏頭の葉にあまがえる揺れている指の吸盤いたく小さく

夏雀痩せて朝の水浴びる古びた本の挿絵のように

白き水を流したような曇り空手放すピアノを仰ぎ見送る

引き取られはじめて呼び名を知るピアノインシュレーターの跡を拭きとる

息もしなくちゃ

下町に一棟高きマンションのLEGOで作ったような正しさ

鉄橋を過ぎて蛙の顔をしてみどりの手足を伸ばしてみたい

夕月にタンデムローターのヘリコプターずっと見ていて音だけになる

夏の野にひびく喇叭よ真鍮は磨けばきれいにあなたを映す

青いけものの太ぶととした耳に似るビタミンCを溜めた柿の葉

どの車両がすいているのかどのレジが早く進むか　息もしなくちゃ

食器洗い機のかどに一瞬このあごを預けてみたい金曜の朝

砂町に乾く大きな富士塚よ神さまはまだそこにいますか

気にしないと小さく答う連なれるコットンパールほどの軽さで

日曜日古いメールを読んでいて充分かなしくなったら起きる

朝食にくるみオイルのひと垂らし夫とは気温の話からする

もっと白いコートがほしい飛び立てば雲に紛れてわからぬほどの

土地の呪

遠浅の海は干潟と呼ばれたり鴨飛び立ちて鈴の音残す

深秋に椚《くぬぎ》は丸き実を落とすその土地の持つ呪《しゅ》の数ほどの

ふじばかま匂い袋のちりめんの浅き青色母に告げたし

三角の茶色いバッタ草の上きみには二度と会えないだろう

生姜末《しょうがまつ》に腹ふかふかと温もりて気構えもなく冬を迎えん

美濃柿の大きく照るに刃あてその刹那よりひとりになりぬ

冬そら

息吐けば湯に沈みたる人体の横にぽかんと柚子の浮かびぬ

摩竭魚《まかつぎょ》のかたちの雲が鯉になり海老天になり消える冬そら

線路沿いの梨畑消ゆ梨の花咲かぬ春来る　来るのだろうか

鶸茶色の蓋を開ければ空っぽで訳はわからずほっとしました

窓の外に毬を突く音響かせてその手はきっととても小さい

予願印のようにしなりぬ枇杷の木のひと葉ひと葉に雪降り積もり

雪を待つ不安はどんどん膨らんではじけそうだよ長靴を買う

風神がずっと帰らぬままの寺を冬の猫ほどきみは好きかい

冬の陽のような金柑あかく煮てひと口に食む　母に会いたし

変なものが居そうだ

黄ににごる春の空なりつぶつぶは天網八洲に拡がるごとし

金盥斜めに浸る菜の花のこれは飯給《いたぶ》の駅の香である

嵌め殺しの硝子に貼りつく花びらを朝にまた見る　名でもつけるか

まだいるね雀ちょちょちょちょと地を跳ねて名前を変えた街に住むかい

落羽松の気根こづいてみたくなるおろしたばかりのフラットシューズ

新しき街の近くに広ごれる沼あり変なものが居そうだ

眼も口もあごも笑みいる姿にて梅あおあおと畑に転がる

交差点のカーブミラーに夕空を曲面に見る、いいかもしれない

建具屋も畳屋も閉まりこの街は色薄くなりつるんとしずか

檻のなかの鳴き声猛き小綬鶏は、ほら足元の地味な鳥だよ

氷上に真弓のごとく屈まれば羽生結弦の正しさはあり

それだけで私はすこし軽くなる半夏生の葉の白くゆれれば

途切れつつ聞こえる喇叭あの辺り百年前は兵舎であった

紫外線百パーセント遮断する日傘をさしてパンダ舎のまえ

どの指がひそませたのか文章に「　の紛れる絶妙の位置

カレンダーとスマートフォンに予定入れそれから薄い手帳にも書く

昆虫展

蜂たちは黄色い皿に落ちてゆくとにかく花の色をもとめて

きみの後を離れずついて行くけれどイエローパントラップの森
昏き樹々に迷彩柄の罠下げて野村博士のノムラホイホイ

薄き翅たたみきれずにはみ出せば生活感のにじむ甲虫

銀色のピンの刺さりぬ箱の中同じ数だけ蝶の並びて

昆虫の拡大写真に近寄るはギークなわれらの有頂天外

道の辺の揚羽の模様を確かめるわれを訪う蝶かもしれず

毒のある蝶の擬態をしていれば昼寝をしても大丈夫です

はじめから空っぽなんだ蟬の腹むくろからからから夕かぜのなか

壊れないからだがほしい玉虫の初秋の土に光りたる羽

ささやかな天下

床に置く瓶のひかりが映るまでワックスを剝がしワックスを塗る

母親の仕込んだ味噌を食べているひとに私は勝てないだろう

これからの秋思に備えて粒あんのもなかをふたつもとめて帰る

ささやかな天下を分けてまつむしはあおまつむしが気になっている

つーーーーと血は流れるのだ細長い乾いた道を歩くしかない

ややこしい歌集に挟む初秋のハンドクリームのうすい広告

かわいいっと声に追われてのら猫の仔猫は街の端を駆けゆく

浮かぬ日も天に任せてゆくばかりたぬきの選んだ泥舟のまま

丸腰でたたかうなんてよくあるさそれにきみには嘴がある

Ⅱ

二〇一九—二〇二一

お日さまの席

かつて海かつて子どものわたしたち谷津の干潟に鴫を数えて

お日さまの席に私は先に着くひざに陽は来てなおひとりなり

バッグにはピンクのエクレア入っているいまのわたしはけっこう無敵

ため息に似た声で鳴く梟を私の代わりにリビングに置く

護国寺に猫おしなべてふくらみぬ欠けたる耳は何を知っている

クリストファー・ロビンの履いた長靴が笑い出しそう雨がきれいだ

窓際に生姜の薄切り乾きゆく思い出せない名詞のかたちに

誰かの撒いているような雪　頬っぺたの赤い子どもがじっと見ている

訶梨帝母

公園をゆっくり歩く鴉あり後ろ手にして肩をまるめて

ボタン式信号機のある交差点ボタンの前にずっと立ってる

ぎゅうぎゅうと本を開いてコピーとる途中でちからが抜けたようだな

ちょうどよい高さにポケット持つからに上着はすこし偉そうである

訶梨帝母は炊事をしない鍋底を私は厨でぐるぐる洗う

パヴァロッティの高音ひびけ初夏の燿いやまぬみどりみどりに

真上から見る楠は猿の群れ哭いているような揺れ方をする

修行者の去り際に立てる法螺貝の音ぼうぼうと腹に残りぬ

使い古した挨拶

潮招《しおまねき》は大きはさみを振りたれどきみのまことはしずかなるべし

水の辺にクレソンの花広ごりていたたまれない白の細かさ

柔らかな美味しい茄子は腐りやすい今日の八百屋は深遠である

右の頬にきょうの最初のひと粒があたりて街は雨の始まり

さっぱりと終えた電話のとなりには残しておいた桃のギモーヴ

ワンピースの白き衿よりもれ出ずるモーラステープのにおいしずまれ

眼から気概の消えた犬たちの耳をむにむにしていいですか

何年も仕舞っておいた便箋に使い古した挨拶を書く

金色のパーツがひとつ足りなくてピアスになれないビーズの雫

この一枚なにに効くかと思いつつ三十回嚙むみどりのレタス

ひとの思い離れゆくのがわからないぽこっと音がすればよいのに

ぬかるみの小さき世界に戻りゆくあまがえるわれに毒を残して

武器持たずソファーに座りいるばかり一日は白き紙のようなり

ウラジオストク

空狭き街から雲の厚き街へ飛蝗のような飛行機で行く

きらきらとチョコレート並ぶ店番の女性の表情ほんとにこわい

わが短歌の初句を家族で話し合うウラジオストクのカフェのテーブル

かたまった柳絮の落ちている路に大きくてふかい穴が空いている

いかめしい教会に掛かるキリル文字スマホの翻訳機能をかざす

まっすぐな眼差し並べてイコンたち私の来るところではない

高台の柵にずらりと南京錠　この愛はまもなく撤去されます

金属のかけらのように部屋の隅まだ動いているかなぶんの腹

折り合いをつけつつ帰る舗道にはピリオドみたいな黒猫がいる

青きままの葉の散り敷いた公園を世界がずれたように歩かむ

針槐の落花を踏んで会いにゆく優しいほとけと怖いほとけに

シャロームが閉店します　私たちの共通項はもうありません

食べかけの煎餅みたいな月が出てきょうの私は終了します

戸籍簿と青空

今朝捨てた母のコートのふかみどり縦じまは似合っていたのだろうか

私は祖父の生まれた日を知らぬそういえば会ったことがないのだ

母宛てに届く封書のおりおりのもう充分か　名義変更

戸籍簿の手書きの文字に夭折した伯父の名前は眞三と知る

冗談じゃねえよと静かに思いつつカウンター越しの戸籍簿係

散らばったクリップに混じる虫ピンにかなしく刺されている夕まぐれ

うす雲は右手にさっと払い取り見事な青をきみに見せよう

月曜の洗濯機の底どんぐりと百円玉のふたつ残りぬ

俯いてハッシュドビーフ食べる間に大きなおおきな雲が消えてる

きみ、そこに立ち止まらずに行きたまえ黄色い毛虫踏みそうになる

やわらかな文字のつらなり園児らの低くて長い列のうねうね

木の椅子にカシミアベージュのストールを掛けて気立てのいい椅子になる

虫のかたち

夕空にぽかりと空いた穴がある洩れるひかりは月のようだね

しでむしはかわいいと言う甥の子の陽に照らされた爪はまんまる

促音を弾ませながら放課後の少年たちは小鳩の匂い

八割れの猫振りかえる塀のうえ私のかおを覚えておくれ

半月刀ってあんな感じだざっくりと空に三日月形の疵あり

真下からタンデムローターのヘリコプター仰げば知らない虫のかたちだ

家近き遊園地消えて夕暮れに吠え猿の叫び聞こえなくなる

洗濯ネットに忘れたままの靴下のまるく乾いている朝がきた

レストランにサティの「金の粉」流れそれでもこの牛肉は固いよ

曇り空ぼうと仰ぎぬ落下傘は墨をこぼしたような点てん

茶道の師は五黄の寅のうまれにて東京大空襲に遭いたり

階段は無料の薬と思いなさいそれはそうだがのろのろ上がる

アマビエを貼る

花びらにめじろの足跡つけたまま地に落ちている椿の五弁

新刊の『新宿鮫』を読み終わりいまを仕方がないと思いぬ

消毒を重ねて乾く指さきにチェコのカレンデュラクリームをぬる

椅子の背にワインこぼれぬ私にはどうしようもない深い赤色

からころと舗装道路をビール缶ここまでおいで拾ってあげる

窓近く今朝もツピ子が鳴いている私は食器を洗わなくっちゃ

朝なさな掃除機をかけて飯を炊きそして時おり途方にくれる

大きな雲かじられた跡が付いているどこにでも敵はいるものなんだ

なんにも飾らなかった部屋の壁に一番好きなアマビエを貼る

おおかたはマスクにかくれる毎日に栗皮色の眉をひきたり

ハクビシン

八王子神社のうらの畑では天に向かって豆がなってる

幣束の赤を拝みぬ松虫姫神社の石祠に薄日はさして

雌の雉と畑中を行くくきやかな赤き兜に似たる顔して

形よきまつぼっくりを湿らせてすぼめば日なたに転がしておく

武器としてアルコールジェル盾としてのマスクで二ヵ月ぶりの地下鉄

ぎゃぎゃぎゃっと叫んでマスクを外したいわれのなかにもいるハクビシン

手は手摺りドアのノブにも触れている転んだ子どもに触れてもいいか

手塩皿に錠剤六つ転がしたビタミンDは赤くてまるい

陽が射して白い紙から文字が飛ぶ革のソファーをすべっておちる

いっせいに葉裏を見せる枇杷の木を見逃してくれ強大な風

「わらの中の七面鳥」を唄いつつ機嫌よく手を洗っています

スマートフォンのゲームの中は夕焼けだそろそろ厨にもどるとしよう

ヘリコプター次々に行き綾野剛のセリフ聞こえぬテレビ観てます

種が飛んでる

珈琲の豆を買いに行く夫の背にきめの細かい雨が降ってる

鬼灯の葉脈西の日に透けて誰か訪ねてくるかもしれぬ

帰ったらマスクをはずし珈琲を淹れてつぶれたパンを食べよう

もっこくの大樹の幹にのこりたるいたずら書きに砲隊とあり

犬走り低い柵からのぞき込む越えて走りに行くべきなのだ

雨雲の隙間にのぞく青い空くちのかたちにぽかんと開いて
凝るくびあなたの方へ傾けてごきりごきりと骨の音聞く

時空間ずれたるようにおぼおぼと無住の寺に散るもくげんじ

あの雲のむこうに浄土があるのだろう端からきれいなひかりがもれて

ひと叢の草を抱える人のめぐり地下鉄に葉が種が飛んでる

古びたオルガン

玄関に転がっている明日があるさっき何かを踏んでしまった

街道のこめ屋の隣り和菓子屋の豆大福は大きかったな

小春日のかめむし一匹部屋に入り天井やかべにうち当たりたり

特効薬であるかのように渡されたみどりの包みの飴はまんまる

散らばったひかりを集めた私のレンズはすっかりくたびれている

シースルーエレベーターから見下ろせば街はわたしをあいしていない
緋の色のグラデーションに夕鴉思い通りにゆかぬ顔して

エアコンの風に落ちくるＡ４にきみの住所がなくなっている

やわらかに齧るおかきにかくれてる煎り豆ほどの心意気です

たいていの夢は古びたオルガンの鍵盤の奥に挟まっている
羊羹の鳥の子色の箱壊しきれいに束ねてあなたを思う

眼の端にすばやくこびとが現れて錫色の楕円掲げてみせる

たぶんしあわせ

街をゆくひと少なくて日本橋麒麟はつばさを動かさぬまま

逆光をきみの抱えた花束が近づいてくる揺れる小手毬

パサージュの果てに矩形の空ひかりただ立ちおりてしんみりうれし

ただいまといいつつ子どもが家に入るあの声をたぶんしあわせという

チョコレートケーキを食べた後の皿どうすればいいか知っていますか

きみと見た楕円形の部屋すいれんの輪郭のない青がすきです

いつだってジャムはスプーン山盛りにすくうものでしょ微笑みながら

澱むくび左右に傾け白粥にいちばん小さな卵をおとす

城跡の丸き丘よりとろとろと小さくなりたる沼を眺めぬ

空堀を下りては上り二ノ丸へそれでも攻め込む気持ちは湧かず

言い訳を思うちからの湧かぬまま呪いのこもるアニメみている

オレンジを分けたナイフが肉を切る鴉の声の止んだ夕暮れ

書庫が好き　ひとの匂いの削げ落ちた背表紙が書架にきれいに並ぶ

肩甲骨交互にあげて近づいて白猫はふいとわれを避けゆく

ピースケの帽子のかたちの雲浮かぶこんなはずではなかった景色

ターニャさんのレシピ

隣りにはターニャさんが住んでいた寡黙な日本人の連れ合い

雨季末期の大雨に沈む中庭を並びて二階の通路より見ぬ

観光客減って変わらぬ空だろうパタヤビーチに近きアパート

よく冷えるエアコンと大きい冷蔵庫　帯同家族に不可欠なりき

オックステールにスープとりたるボルシチの灰汁を取るのは大切らしい

皮も身も美しき赤なり刻みゆくビーツは土のにおいをもちぬ

クリヨッカ貧しい時代は卵など入れなかったとすいとんを煉る

大好きなお菓子で太ってしまうからエクササイズにビーチを歩く

焼いていたミルクレープは大きくて何枚もなんまいも重ねて

ウクライナを思えば浮かぶターニャさんに暑い国にて習ったレシピ

ふわふわの犬よりシャープな犬好む寒い国から来たひとなのに

彼女にはパタヤも日本もおなじこと外国人とは切ないことばだ

ロシア人といわれてずい分怒ってた今にして思い至るかなしみ

消えかけた思いを辿るきっかけは原発事故と軍事侵攻

キーウから河をたどれば故郷かあれから一度は帰ったろうか

一つ目入道

雨音のつよさを楽しめぬ朝　保護眼鏡はずし顔を拭きたり

ドローンの眼になりてみるわが庭は小えび草たちむしゃむしゃと満開

眼を瞑る時間になるまで待っていよう指さきに木香薔薇ぬりこめて

うすぐらく薄ぼんやりと暮らしたい悲観的でもない部屋のなか
湿りある木の床に立ち裸足から一つ目入道になってゆくんだ

土掘れば豆が生ってたまめばたけ記憶のなかのやわらかな土

夏掛けの奥に平たく仕舞われてまだ持っていたワヤン・クリット

白き壁の一部となりてバロン像まずは紫檀の埃を払う

なんだ　涙が足りなかったのか冷蔵庫から目薬を出す

目薬の溢れてぱたと頰に落ち泣くのはこんなふうだったんだ

ピザーラの配達バイクが並んでる店先に明日が見えないんです

寝苦しい枕はずせば天井はいよいよ高く拡がってゆく

光るもの光らせながら過ごす日の珈琲ポットに映る手のひら

ずっと小銭

梅雨明けはさっきだったよ俯いてサンダルの紐を結んでるとき

空調はパネルを揺らし映りたるブラインド越しの空はだんだら

つくるひとに合わせて低き葡萄棚むかしばなしのように尊い

脱ぎおいたスリッパ薄き闇の底に右側が半歩前に出ていて

カレンダーの数字さやかにずれていて怨霊だって二重に見える

眼にはまだ縫い糸が残り中秋の名月だって卵のかたち

冷蔵庫につねにちいさな音はしてひったりと背をつけて聞きたり

びっしりと茸の生えた枝伸ばす楢の木おまえはもう死んでいる

増えそうな小銭を拾いポケットにずっと小銭のままで持ってる

抜かりなく一日過ごせたのだろうかきれいな言葉を選んだだろうか

会いに来ないか

丸見えのグラスキャットの骨のかずを数えるほどにかぞえたくなる

ビルが映る向こうに澄んだ空ひかる画面のなかの首相官邸

がんばれない　冷え込む朝に呟いてこの言い方であっていますか

のら猫を見かけなくなり猫の声の妖しげな冬が今年は来ない

大節季干し椎茸を湯につけて厨辺の床にしばし丸まる

結露する出窓の向こうは雨ぐもり　きょうは絶対部屋から出ない

一日を五つに区切る四番目の逢魔が時に会いに来ないか

区切りたるひと日を猶なお分けてゆく立ち上がるとき皿を持つとき

細く切り窓辺に柚子の皮を干すどこにも行かぬ小舟のような

三番瀬

遠浅の透きとおる水に草は揺れひえびえとして堤防にいる

まるくなり砂に温もるシロチドリ　たまごに戻ったような集まり

堤防に房飾りのよう都鳥とミユビシギたちずらずら並ぶ

馬刀貝の数本なれば嬉しきを波打ち際に大量にあり

どの辺りが懐かしいのか砂浜にそうよくもない磯の香りす

思い切り埋め立てられた先にある三番瀬には旅鳥がくる

潮風に錆びゆく鉄のかたまりの高々と塀の内に積まれて

スニーカー砂に乾いた貝を踏む海の滅びのはつかなる音

吉橋大師廻り

券売機はこちらですと繰り返す券売機にもう抱きつきそうだ

駅前に草木ひとつ無い社乾いていても神さまはいる

白き腹見せて伸びたる四肢細く蛙の斃れた人の墓原

船橋の四つの札所を鉦もなく宗祖宝号も唱えずにゆく

盛り返す背高泡立草の黄が迫ってバスはなかなか来ない

集落の古寺の巨きなスダジイの実は食べられる　おいしいらしい

壁に貼り二年経ちたるアマビエの色の薄茶は褪めてそのまま

池のなかの寄りくる影にパンもなくひょいとスマホを投げたくなって

水甘く空澄みわたり雲白し蕎麦屋の暖簾もちゃんと出ている

てろりんと左の耳にマスク下げてなんだか美味しくないカフェ・ラッテ

ジーンズは存外からりとよく乾くたったそれだけのことだったんだ

コゲラよ

細くほそく春にんじんを刻みゆく元の姿のわからぬように

窓際にぬれた葉書を乾かしてゆがんだ切手のシジュウカラガン

ちょんちょんと桜の幹を登りゆくコゲラよ私は首が痛いよ

巻きのゆるいキャベツは真中がおいしそう　同じ気持ちのあおむしもいる

夕べ濃きタイジャスミンの香りしてわたくしの国はいま亜熱帯

日本のかたちにむくむく雲伸びて北海道が消えかかっている

レース越しに月のひかりは昨日よりなお明るいということにする

部屋に干すストッキングはするすると床に落ちゆくさまがきれいだ

後ろめたき夢に覚めたる朝には木の実打ちつける音に雨降る

蛇行して街に入りくる江戸川のびょうびょうとして海へ向かいぬ

薄くうすくレンズになった石鹼にわれはきちんと歪んで映る

フクロテナガザルの声もて叫びたい煌煌と照らす総菜売り場

曇り空映す太陽光パネル車窓の段々は茶畑がいい

壮大な暇つぶしなのか生きることにまっしぐらなのかホモサピエンス

バスがきて人が乗り込みバスは行くおそらくもっと海の近くへ

跋

佐伯裕子

山口青さんとは、短歌教室から「未来」へと、もう十余年のお付き合いになる。お付き合いといっても、そのプロフィールの殆どを私は知らない。歌から想像される背景や生活状況というのも僅かである。だが、山口さんが身に纏うお洒落でクールな雰囲気は、湿りのない不可思議な歌にも漂っている。おおむね生活に即した歌でありながら、天空から眺めているようなところがあり、ドローンの拾う細かく冷えた視界にも似ている。遠望するような視線が、生活の歌に変な感じをもたらしている。その故か、山口さんの歌からは、これまでにない新しい生活感情が読み取れるのである。『鳥瞰ノート』の特色と思われるので、象徴的な一首を引いておきたい。

真上から見る楠は猿の群れ哭いているような揺れ方をする

擬人化というのではないだろう。ありていな楠への思い入れは作者にないからだ。楠のよい香りも、緑濃き葉の抒情も伝わってこない。冷えたドローン的な視野といっていい。そこに作者の眼差しが加わってくる。いきなり「真上から」で始めるのである。高い階から覗いた楠の大樹にちがいないが、そのような描写は省かれている。「猿の群れ」が哭いているような揺れ方だな、と見ている作者。読みおえると、樹木の妙な哭き声が聞こえてくるようだ。大きな樹木が風に揺れる光景が、ふと恐ろしく伝わってくるだろう。
反対に、作者の存在といえば、実に細かい小世界に留められる。小動物のごとき動きを見せる日常には、少しのユーモアと少しの倦怠が滲み出ている。

枇杷の葉の硬きを喰いしはどの虫ぞこの虫ぞとて会いたくはなし
私の勇気といえばちっぽけな肉ふるわせるこのかやねずみ
手のひらに納まるほどの天下かな土栗ほわりと胞子とばしぬ
後ろ足片方白いきじ猫の縄張りにわが住む家のあり
立ちし時かちりと床に転がった金属めいた音　柿の種
水槽にひかりているも皿の上に焦げたるも鯵は紡錘形なり

庭に来るめじろくらいの存在で充分なんだこの手のひらには

どこかくすっとする、面白い日常や自然界の歌が連なっている。そこに、作者の世界観めいたものが滲むのである。

「虫」「かやねずみ」「土栗」「きじ猫」「柿の種」「鰺」「めじろ」……。小動物や小さなものたちが、作者と同等の大きさにイメージされてくる。小動物が大きいのか、作者が小さいのか。いずれにしても、彼らとの距離が縮まって見える。これは、周囲の自然や生活や、それに伴う感情を描写する、という距離ではないだろう。かれわれの境が淡いというのだろうか。喜怒哀楽とは異なるもの。人間臭の薄い、新しい感情を生み出す作品群となっている。

二首目の「かやねずみ」に譬えられる自己認識の冷静さ、四首目の猫の縄張りが主体となる平らな家意識。小さな「てのひらの天下」と、大きな「天下」とが、ふと等しく見える視野をもっているのであろう。

子供好きのいいやつだった　たっぷりと白い巻き尾の隣りのチョビは

みちのくより出で来しほとけに囲まれてすみませんすみませんとつぶやく

窓開けし音に飛び立つひよどりよ　きみには話しておくことがある

どの車両がすいているのかどのレジが早く進むか　息もしなくちゃ

鶸茶色の蓋を開ければ空っぽで訳はわからずほっとしました

バッグにはピンクのエクレア入っているいまのわたしはけっこう無敵

ため息に似た声で鳴く梟を私の代わりにリビングに置く

ひとの思い離れゆくのがわからないぽこっと音がすればよいのに

日々の気持ちをのびやかに表した歌である。隣りのチョビを「いいやつ」というう。さらに、移送されて展覧される仏像にひたすら謝る二首目。状況を伝えるより、仏像への感謝と謝罪を伝えることが大事なのだ。「ひよどり」を「きみ」と呼ぶ境界のなさや、せわしない暮らしを述べてから、そうだ「息もしなくちゃ」と呟く逆説の面白さはどうだろう。開けてみて空っぽの箱に、むしろほっとする心理は絶妙といっていい。さらに、バッグの中のピンクのエクレア。「ため息に似た声」の梟を「私」の代わりに置く奇異なリビング。人が自分から離れていく瞬間が分からない、という哀切さも乾いたユーモアで包み込んでしまう。いずれも奇妙で新しい生活感情といえそうだ。最後に、対象との距離が安定している、美しい歌を引いておきたい。

水の辺にクレソンの花広ごりていたたまれない白の細かさ
ひと叢の草を抱える人のめぐり地下鉄に葉が種が飛んでる

山口さんのどの歌にも、気付かずに過ごしていた日常の隙間を見せられる感じがある。名状し難い妙な感覚が呼び覚まされる、というのだろうか。『鳥瞰ノート』には、これまでに出会ったことのない歌が次々に登場してくる。ぜひ、多くの人に楽しんで読んでいただきたいと思う。そうして、この一冊が、幸福な歌集になりますよう念じるばかりである。

あとがき

短歌講座に出席して短歌を詠み始め、その後、師事した佐伯裕子先生の所属する未来短歌会に入会した。以前から、日本の伝統文化には関心を持って接してきた。短歌に巡り合ったのも偶然ばかりではないのかもしれない。

佐伯先生には機会のあるごとに「ご自分の歌を作って」とコメントをいただいていた。はじめはあまり深く受け取らなかった言葉だったが、こんな状況を詠むのは短歌に合わないのではないかとか、もっと古語を使わなければいけないのではないかとか、そういう固まった気持ちからだんだんと私を自由にしてくれたと思う。未来短歌会では、未来誌に載った短歌を読んでもらう困惑とうれしさを感じながら作歌を続けている。

また、NHK全国短歌大会近藤芳美賞に投稿した十五首の連作「ターニャさんのレシピ」が栗木京子さんの選者賞を受賞した折、栗木さんに「あなたにしか詠めない歌です」と言っていただいた。その言葉はすっとこころに入ってきて消えないいちからになっている。

本書は歌を作り始めた二〇一二年から二〇二二年まで、主に未来誌に掲載された歌の中から三七五首を選んだ。

歌集のタイトル『鳥瞰ノート』は、「鳥瞰的古地図に今をかさねれば町は海辺を覆いかくせり」から発想した。変わっていく街や風景を感じながら短歌を詠んでいく気持ちに合うのではないかと思ったのである。町の下に青い海を見るように、自分の住むところの狭いエリアをとってみても、消えていったものの、新しく現れたものは、少し離れてみないと受け止めることができない。気持ちの変化も同じだと思う。その時々の思いを手放さずにきて、まとめられたとすればとてもうれしい。

佐伯先生には歌集に載せる歌を選ぶところから、歌集のタイトルにも細やかな助言を頂戴し、そして跋文を書いていただきました。心から感謝申し上げます。未来短歌会の先輩たちや佐伯先生の選歌欄にいる方々との出会い、すべてが短歌を作り続けることの拠りどころになっています。

出版に際し、短歌研究社の編集長國兼秀二さん、菊池洋美さん、お気持ちのこもったアドバイスをいただきありがたく思います。花山周子さん、すばらしい装幀をしてくださってお礼申し上げます。
最後に、私の短歌に対して、いい距離感をもって接してくれている家族に感謝します。

二〇二三年十一月

山口　青

著者略歴

京都市に生まれて千葉県習志野市に育つ

2012年　五十代で佐伯裕子氏の短歌講座を受講、作歌を始める

2014年　未来短歌会に入会

省検
略印

二〇二四年一月十六日　印刷発行

歌集　鳥瞰《ちょうかん》ノート

定価　本体二五〇〇円（税別）

著者　山《やま》口《ぐち》青《あお》

郵便番号二七四―〇〇六三
千葉県船橋市習志野台四―六一―一八

発行者　國兼秀二

発行社　短歌研究社

郵便番号一一二―〇〇一三
東京都文京区音羽一―一七―一四　音羽YKビル
電話〇三（三九四四）四八二二・四八三三
振替〇〇一九〇―九―二四三七五番

印刷　KPSプロダクツ
製本　牧製本

ISBN 978-4-86272-757-2 C0092 ¥2500E